coleção
FOI SEM
QUERER!

Levada, Eu?

E outras histórias divertidas

RUTH ROCHA

LEVADA, EU?
E outras histórias divertidas

Ilustrações
BRUNA ASSIS BRASIL

1ª edição
São Paulo
2023

© do texto Ruth Rocha Serviços Editoriais S/C Ltda., 2022

1ª Edição, Editora Melhoramentos, 2006, 2008
1ª Edição, Global Editora, São Paulo 2023

Jefferson L. Alves – diretor editorial
Flávio Samuel – gerente de produção
Mariana Rocha – curadoria da obra de Ruth Rocha
Juliana Campoi – coordenadora editorial e revisão
Bruna Assis Brasil – projeto gráfico e ilustrações

Dados Internacionais de Catalogação na Publicação (CIP)
(Câmara Brasileira do Livro, SP, Brasil)

Rocha, Ruth
    Levada, eu? : e outras histórias divertidas / Ruth Rocha ; ilustrações de Bruna Assis Brasil. – 1. ed. – São Paulo : Global Editora, 2023. – (Coleção Foi sem Querer!)

    ISBN 978-65-5612-518-3

    1. Literatura infantojuvenil I. Brasil, Bruna Assis. II. Título. III. Série.

23-162906   CDD-028.5

Índices para catálogo sistemático:

1. Literatura infantil   028.5
2. Literatura infantojuvenil   028.5

Cibele Maria Dias - Bibliotecária - CRB-8/9427

Obra atualizada conforme o
NOVO ACORDO ORTOGRÁFICO DA LÍNGUA PORTUGUESA

Global Editora e Distribuidora Ltda.
Rua Pirapitingui, 111 – Liberdade
CEP 01508-020 – São Paulo – SP
Tel.: (11) 3277-7999
e-mail: global@globaleditora.com.br

 grupoeditorialglobal.com.br   @globaleditora

 /globaleditora   @globaleditora

 /globaleditora   in /globaleditora

💬 blog.grupoeditorialglobal.com.br

Direitos reservados.
Colabore com a produção científica e cultural.
Proibida a reprodução total ou parcial desta
obra sem a autorização do editor.

Nº de Catálogo: **4630**

SUMÁRIO

. 6 .

A menina que
não era maluquinha

. 14 .

As cartas da Juju

. 22 .

Levada, eu?

. 28 .

Mais uma da menina
que não era maluquinha

A MENINA QUE NÃO ERA MALUQUINHA

Maluquinha, eu?

Eu não! Não sou nenhuma maluquinha!

Quem me pôs esse apelido foi aquele menino de casacão e panela na cabeça.

Ele me botou esse apelido quando eu fui brincar na casa do Mauricinho.

Eu nem queria ir.

Mas a mãe dele telefonou pra minha mãe. Ela disse que o Mauricinho era muito tímido e que ela queria que ele brincasse com umas crianças mais... não sei o que ela disse, acho que ela queria que ele brincasse com umas crianças mais descoladas...

E aí minha mãe me encheu um pouco e eu acabei indo.

A gente chegou na casa do Mauricinho e foi logo almoçar.

Depois do almoço, a mãe dele botou a gente pra fazer a lição.

Eu não me incomodo de fazer lição depois do almoço, porque eu fico logo livre.

Mas a mãe do Mauricinho começou a fazer uns discursos sobre responsabilidade e coisa e tal, que a gente já era grande e tinha que cumprir com os compromissos… Um saco!

Eu tô careca de saber disso!

Então eu fiz minha lição correndo, e o Mauricinho ficou lá toda a vida, ele não acabava mais de fazer a lição dele.

Aí eu comecei a rodar pela casa até que encontrei um gato.

Gato não, gata. Chamava Pom-pom. Ou era Fru-fru... Ou era Bom-bom, sei lá.

E eu peguei a gata e ela estava meio fedida.

Então eu resolvi dar um banho nela. Gato não gosta de banho, vocês sabem.

Mas meu avô tinha me contado que quando ele queria dar banho no gato ele botava o bicho dentro da banheira e ele não conseguia sair e meu avô dava banho à vontade!

O Mauricinho tinha um banheiro dentro do quarto dele.

Quando eu fui chegando perto da banheira, a gata se arrepiou toda e eu joguei ela bem depressa lá dentro, tapei o ralo e enchi de água.

E esfreguei a gata todinha com um xampu todo perfumado que tinha lá. Eu estava achando que todo mundo ia gostar de ver a gata toda limpinha.

A gata miava miaaauuu... e tentava sair do banho, mas meu avô tinha razão: ela arranhava a parede da banheira, mas não conseguia sair.

Acho que aí caiu xampu no olho da gata, porque ela deu um pulo, agarrou na minha roupa e conseguiu pular fora e saiu correndo, espalhando espuma por todo lado. Nisso a mãe do Mauricinho vinha chegando e levou o maior susto e caiu sentada. A gata continuou correndo e assustando todo mundo e respingando tudo de espuma.

Eu não sei quem estava mais assustado: se era o Mauricinho, a mãe dele, a gata, ou se era eu.

Eu corri atrás da gata, mas ela pulou pela janela, atravessou o jardim, saiu pela rua... e eu atrás.

Só que no meio da rua estava a turma daquele menino, aquele da panela na cabeça, e a gata passou pelo meio deles todos... e eu atrás!

E eles levaram o maior susto, cada um correu para um lado, e atrás de mim vinha a mãe do Mauricinho, o Mauricinho, a cozinheira e o jardineiro, todos correndo e gritando. Aí eu resolvi correr pra minha casa e me esconder lá.

Mas, no dia seguinte... a escola toda já sabia da história, e aquele menino, aquele da panela na cabeça, começou a me chamar de maluquinha...

Mas eu não sou maluquinha, não! Só se for a vó dele!

FiM.

AS CARTAS DA JUJU

Juju é uma menina levada! Encapetada!

Ela não mora muito longe da escola. Então ela vem a pé, todos os dias.

Mas a Juju é xereta, curiosa e enxerida. Ela fica interessada em tudo que vê.

E vem pra escola parando aqui, parando ali...

Para na esquina da padaria pra espiar os doces. Para em frente à casa do alemão pra mexer com o papagaio.

– Louro, louro, dá o pé, louro.

E o louro, que já conhece a Juju, responde:

– Corrupaco papaco! Louro quer café!

A Juju adora brincar com o louro.

Quando passa pela casa do seu Matoso, que é um velho rabugento, ela toca a campainha e sai correndo, para chatear o coitado.

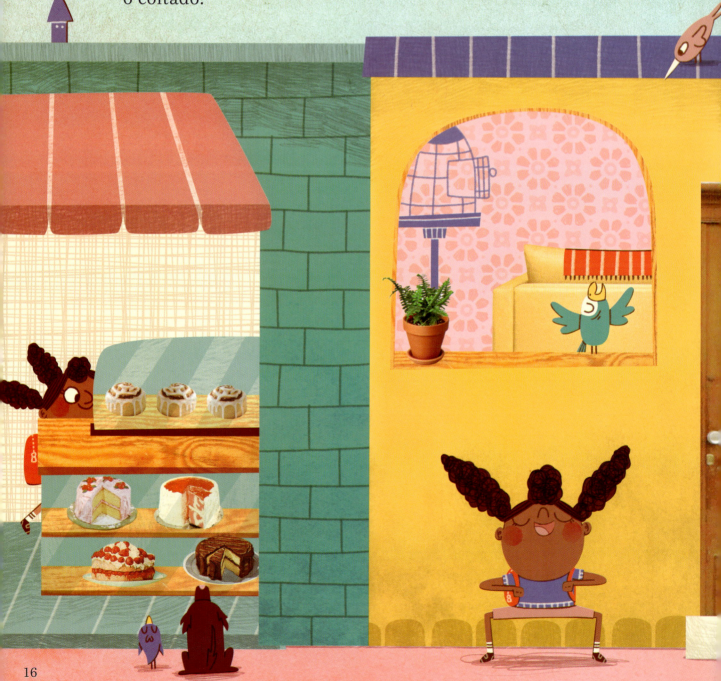

E sempre acontece alguma coisa diferente na rua e a Juju para pra ver.

Outro dia parou um caminhão de frutas bem na frente da casa do seu Matoso e ficou gritando:

– Morangos, morangos de Atibaia! Pêssego-salta-caroço, um mel de tão doce! Melão de Jaboatão! Maracujá de Jiparaná!

Seu Matoso saiu da casa furioso, pegou o megafone do vendedor, jogou no chão e pisou em cima:

– Vamos parar com essa gritaria!

A Juju adorava essas coisas, ficava espiando, esquecia da vida e... atrasava pra escola.

Às vezes, atrasava tanto que nem ia à aula; ia zoar pelo bairro todo.

Nossa professora, dona Claudinha, zangava com ela todo dia.

Até que uma vez ela chegou muito atrasada e a professora disse que ia reclamar com a mãe dela. A Juju se apavorou, porque todo dia dona Cidinha, a mãe dela, recomendava:

— Não vá parar em todo lugar como você gosta. Não vá chegar atrasada à escola!

— Mas, mãe, eu sou uma aluna muito ótima! Eu já sei tudo!

— Se soubesse tudo, não precisava ir à escola. Vamos! Vá embora! Não vá se atrasar.

Então, a Juju viu que as coisas estavam ficando difíceis. Ela pensou, pensou e resolveu escrever uma carta para dona Claudinha:

Querida dona Claudinha,

Quero lhe pedir desculpas que a nossa filhinha Juju chega sempre atrasada. É que nós moramos muito longe, quase na fronteira de Minas Gerais. E minha filha tem que ir a pé.

E eu sinto muito que ela tenha faltado algumas vezes, mas é que ela está sempre doente de tanto andar. Obrigadinha.

Dona Cidinha

Remetente: A mãe da Juju

Aí ela pensou mais um pouquinho e resolveu concluir o serviço. E escreveu uma carta para... dona Cidinha.

Querida dona Cidinha,

Quero lhe dizer que sua filha Juju é a melhor aluna que eu já tive. E eu já sou professora há quase sessenta anos!

A Juju é tão sabida que ela pode vir à escola quando quiser...

Beijos e abraços,

Dona Claudinha

Vocês podem imaginar a bronca que a Juju levou.
Então dona Cidinha resolveu:
— Pois todos os dias eu vou levar você pra escola, como se fosse um nenê. Nada de folia pelo caminho!
Durante uns dias a Juju chegou à escola na horinha.
Mas hoje, quando eu passei de ônibus pela avenida, a caminho da escola, vocês sabem o que eu vi?
Pois vi a Juju mais a dona Cidinha, numa boa, muito sossegadas, comendo pastel na feira...

FIM.

LEVADA, EU?

Desde pequena que a Juju é muito levada.

Ela devia ter uns três anos de idade quando inventou uma arte...

Ela pegava o papel higiênico e botava a ponta dentro da privada. Aí ela apertava a descarga.

A água puxava o papel todinho pra dentro da privada.

Quando a mãe da Juju descobriu o que ela fazia, botou ela de castigo no quarto. Mas ela era danada. Telefonou pra vovó:

– Vovó, vovó, minha mãe me botou de castigo! Você liga pra ela, que você é mãe dela, e bota ela de castigo!

À medida que ela ia crescendo ia inventando...

Os pais da Juju não achavam graça nas artes da filha e punham ela de castigo, e descontavam da mesada os estragos que ela fazia e tiravam os brinquedos dela. Mas não adiantava nada.

Até que um dia, não sei o que ela aprontou, o pai botou ela de castigo num quartinho de despejo que tinha na casa. Lá eles guardavam tudo que não servia mais, mas que eles achavam que ainda ia servir.

Como quando o pai da Juju fechou uma loja que ele tinha e guardou no quartinho mais de duzentos relógios.

A menina ficou muito quietinha, até que o pai veio tirá-la do castigo. E o resto do dia ela também ficou quietinha.

Mas no meio da noite...

À meia-noite se ouviu a 1ª campainha prrrrr... prrrrrr... prrrrrr...

O pai e a mãe da Juju correram a casa, tentando descobrir de onde vinha o barulho; aí eles foram ao quartinho de despejo e perceberam que o prrrrr... vinha de um dos despertadores guardados. Mas eles estavam todos guardados nas caixas.

Até que eles descobrissem de onde vinha o barulho, tirassem o relógio da caixa e desligassem o relógio, outro despertador começou a tocar e mais outro e outro mais, que não parava nunca mais.

Às 3 horas da manhã os dois desistiram. Pegaram todos os relógios e levaram para o quarto da Juju. E foram dormir.

Acho que até agora a Juju está desligando os relógios...

FIM.

MAIS UMA DA MENINA QUE NÃO ERA MALUQUINHA

— Não mesmo! Eu não sou nenhuma maluquinha! Mas eu tenho que confessar que comigo acontecem coisas incríveis! Olha só!

Uma vez a minha família teve de mudar de cidade e eu tive de mudar de escola.

Na cidade onde eu morava, eu conhecia todo mundo, a escola era pequena e a classe em que eu estudava tinha poucos alunos.

Aí eu fui para uma escola tão grande que até o nome da escola era difícil.

Minha classe era enorme, com muitos alunos.

Tinha uns alunos levados que sentavam lá atrás e faziam uma porção de gracinhas. A professora, dona Brites, ficava furiosa com eles. Mas os outros alunos achavam muita graça em tudo que eles diziam.

Eu me sentia muito sozinha e tinha vontade que todos gostassem de mim.

Então um dia a professora disse que ia falar sobre o Descobrimento do Brasil.

– Ó menina – ela disse pra mim –, vamos ver o que você aprendeu na sua escolinha de Periquitópolis, ou seja-lá-
-como-se-chama. O que é que você sabe do Descobrimento do Brasil?

Me deu uma raiva, que ela estava caçoando da minha escola... Eu não sei de onde eu tirei coragem pra responder:

– Ah, professora, o Brasil não foi descoberto, não, ele sempre esteve aqui mesmo, não estava coberto nem nada, estava cheio de indígena peladão correndo das muriçocas, pescando curimbatá e comendo gabiroba...

No primeiro momento a classe ficou no maior silêncio. Aí foi uma risada só.

A professora ficou bravíssima, me deu uma bronca ardida e continuou a aula.

Mas a turma adorou, começou a me agradar, como se eu tivesse feito uma grande coisa...

Daí a uns dias a professora começou a contar a história do bispo Sardinha que vinha vindo para o Brasil e, quando o navio chegou às costas do Maranhão, naufragou. O bispo foi aprisionado e devorado pelos valentes caetés.

Eu não pude resistir:

– Foi a primeira vez que se comeu carne de bispo no Brasil – eu disse.

A professora ficou uma fúria e daí pra diante ficou desconfiadíssima comigo. Me chamava toda hora pra responder a tudo que era pergunta. Na verdade ela queria me pegar, por causa das minhas gracinhas.

Mas não era fácil, porque a minha escolinha era muito boa e eu sabia mais do que todos os alunos dessa escola.

Então nós começamos a estudar os verbos.

Eu errei umas vezes na conjugação dos verbos e tive a impressão de que dona Brites ficou muito feliz com isso.

E cada vez que havia uma pergunta difícil pra fazer, ela fazia pra mim.

Eu fui ficando por aqui com ela.

Até que um dia ela estava chatíssima, corrigia tudo que a gente falava de um jeito tão antipático que a gente nem sabia falar mais.

Então ela me perguntou:

– Você fez toda a lição? Fez?

E eu respondi:

– Fez, sim senhora.

– Não se diz fez, você sabe muito bem. Diz-se EU FIZ. Eu fiz, tu fizeste, ele fez, nós fizemos, vós fizestes, eles fizeram. Fizeram!

– Então! – eu falei. – Fizeram!

– Fizeram, não, menina!

– Pois foi o que eu disse: fizeram, não!

– Não, não, você fez, fez, você fez!

– Tá bom, eu fiz e estudiz direitinho.

Ela já estava desconfiada:

– Não é estudiz, menina, é ESTUDEI! Eu estudei, tu estudaste, ele estudou. ESTUDEI.

– Pois é, professora. Estudei e dizei pra minha mãe...

– Ora veja, de onde você tirou esse dizei? É DISSE. Eu disse! Eu disse! Eu disse!

– A senhora disse? O que é que a senhora disse?

Nessa hora, dona Brites já estava vermelhinha de raiva, quando entrou a diretora, dona Petronilha.

Ela entrou toda risonha, cumprimentou todo mundo e me viu ali de pé, na frente da dona Brites, e então ela perguntou:

– Muito bem, menina bonita. O que é que você estava dizendo à sua professora?

Metade do que eu respondi foi sem querer. Sem querer querendo... Mas metade foi por conta do susto...

– Eu estava contendo pra dona Brites que eu não trazei o caderno mas que eu estudiz tudo direitinho e copií no caderno e fali pra minha mãe que eu acabi toda a lição!

Eu não sei dizer qual das duas – dona Brites ou dona Petronilha – ficou mais pasmada.

A classe inteira ria que não podia mais.

Dona Brites estava tão vermelha que eu fiquei morrendo de medo do que ela ia fazer comigo.

Mas eu olhei por cima do ombro dela e vi a cara de dona Petronilha.

Ela estava fazendo a maior força pra não rir também.

Aí eu me animei e perguntei a dona Brites:

– Está certo, dona Brites? Eu conti tudo direitinho?

FIM.

Mahani Siqueira

Bruna Assis Brasil

Bruna Assis Brasil nasceu em Curitiba em 1986 e, desde muito pequenininha, sempre amou desenhar. Criava seus próprios livrinhos que lia, muito animada, para seus bichinhos e bonecas.

Anos mais tarde, já crescida, depois de terminar as faculdades de Design Gráfico e Comunicação Social — Jornalismo, ela foi a Barcelona, na Espanha, transformar a paixão de criança em profissão. Descobriu que aqueles pequenos livros que criava quando criança poderiam fazer parte da sua vida adulta também. Em Barcelona, estudou Ilustração Criativa na EINA — Centre Universitari de Disseny i Art.

Desde então, passa seus dias ilustrando obras incríveis. Já são dezenas de livros publicados, muitos deles premiados.

Quer conhecer outros livros ilustrados por Bruna? Venha fazer uma visita no seu Instagram @brunaassisbrasil. Ela vai adorar te ver por lá também!

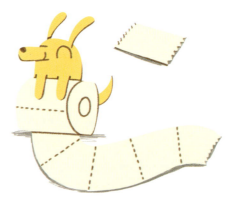

Acervo pessoal

RUTH RochA

Ruth Rocha nasceu em 2 de março de 1931, em São Paulo. Ouviu da mãe, dona Esther, as primeiras histórias, e com vovô Ioiô conheceu os contos clássicos que eram adaptados pelo avô baiano ao universo popular brasileiro.

Consagrada autora de literatura infantojuvenil, Ruth Rocha está entre as escritoras para crianças e adolescentes mais amadas e respeitadas do país. Sua estreia na literatura foi com o texto "Romeu e Julieta", publicado na *Recreio* em 1969, e seu primeiro livro, *Palavras, muitas palavras*, é de 1976. Seu estilo direto, gracioso e coloquial, altamente expressivo e muito libertador, mudou para sempre a literatura escrita para crianças no Brasil.

Em mais de 50 anos dedicados à literatura, tem mais de 200 títulos publicados e já foi traduzida para 25 idiomas, além de assinar a tradução de uma centena de títulos infantojuvenis. Recebeu os mais importantes prêmios literários como da Academia Brasileira de Letras e da Academia Paulista de Letras, da qual foi eleita membro em 2008, da Associação Paulista dos Críticos de Arte, da Fundação Nacional do Livro Infantil e Juvenil, além do Prêmio Moinho Santista, da Fundação Bunge, o Prêmio de Cultura da Fundação Conrad Wessel, a Comenda da Ordem do Mérito Cultural e oito prêmios Jabuti, da Câmara Brasileira do Livro.

Conheça outras obras de
RUTH RochA
publicadas pela Global Editora

Coleção Recontos Bonitinhos

Cachinhos Dourados*

Chapeuzinho Vermelho*

A Lebre e a Tartaruga*

A Pequena Polegar*

A Nova Roupa do Rei*

Coleção Foi sem Querer!

Levada, eu?

Sobrou pra mim!*

Coleção Comecinho

Os amigos do Pedrinho

O dia em que Miguel estava muito triste

As férias de Miguel e Pedro

Meu irmãozinho me atrapalha

Meus lápis de cor são só meus

O monstro do quarto do Pedro*

Pedro e o menino valentão*

Quando Miguel entrou na escola

O menino que quase virou cachorro

*No prelo